ANTHOLOGIE

CONTEMPORAINE

DES

ÉCRIVAINS FRANÇAIS & BELGES

SOUS LA DIRECTION LITTÉRAIRE DE

ALBERT DE NOCÉE

*

QUATRIÈME SÉRIE

Volumes 37 à 48

MM. Ferdinand Fabre — Charles Fuster
Marguerite Vande Wiele
Joseph Gayda — Antoine Clesse — Mme Edmond Adam
Dubut de Laforest — Joseph Caraguel
Henry Becque — Henri de Régnier — Henri Lavedan
Docteur Pierre Rey

*

BRUXELLES	PARIS
Librairie Nouvelle	*Librairie Universelle*
2, BOULEV^d ANSPACH, 2	41, RUE DE SEINE, 41

1887-1888

TABLE DES MATIÈRES

QUATRIÈME SÉRIE

FERDINAND FABRE

JULIEN SAVIGNAC

(FRAGMENT)

Au mois de septembre 1855, après une excursion dans les bois de Celle-Saint-Cloud, deux amis, Julien Savignac et Louis Vernier, s'étaient assis dans les belles châtaigneraies qui s'étendent entre le nouveau village de la Jonchère et Bougival. Le soleil déclinait vers le couchant, et ses derniers rayons, pénétrant comme des flèches à travers les arbres encore feuillus, zébraient le sol de toutes sortes de rayures éclatantes. Le silence était profond ; de temps à autre seulement, un cri d'oiseau ou l'aboiement lointain d'un chien de chasse attardé sur quelque piste, venait l'interrompre. La Seine, si bruyante aux environs de l'île d'Aligre, se taisait, et son miroir, pacifique et calme, que ne troublait plus le passage des bateaux à vapeur, apparaissait à travers les ramures fauves des châtaigniers dans toute la sérénité d'un lac. Julien, qui toute la journée avait été d'une mélancolie noire, se tourna soudainement vers son ami avec un visage souriant.

« N'est-il pas vrai, lui dit-il, que, si ce n'était le mont Valérien qui vous poursuit comme un cauchemar, on se croirait ici à cent lieues de Paris ?

— Vous en voulez donc bien à cet honnête mont Valérien ! répondit Vernier.

— J'en veux à tout ce qui me rappelle ma prison.

— Vous n'aimez pas Paris !

— Je le hais ! fit-il avec un geste de dégoût..... Ah ! si le vers de Virgile n'avait pas été si souvent répété !.....

— *O fortunatos nimium agricolas*..... n'est-il pas vrai ?

— Ne vous moquez pas, mon ami : j'étais fait pour connaître le bonheur dont parle le poète. Pourquoi ne suis-je pas resté aux champs ? Quand je compare ma vie d'air libre d'autrefois à ma vie d'étude d'aujourd'hui, combien je regrette ma petite ville natale, enserrée dans les montagnes ! Quels adorables vagabondages le long du ruisseau de la Soulondre, sur les hautes plaines nues de l'Escandorgue !... Tenez ! je me souviens encore du tour que nous joua, à mon ami Adrien Sauvageol et à moi, une alouette huppée, une après-midi que nous étions allés engluer des oiseaux à la Mare-aux-Chardonnerets, en plein Escandorgue.

— Oh ! contez-moi cela. Je ne suis pas aussi contempteur de la nature que vous pouvez le croire.

— Oui, mais il faudrait à ce récit une courte préface qui vous renseignât sur mon caractère à cette époque éloignée.

— Va pour la préface ; je vous écoute.

Julien Savignac se recueillit une minute, puis il commença en ces termes :

« Tel que vous me voyez avec mon air de douceur résignée, j'étais, à treize ans, ce qu'on appelle un franc mauvais sujet. Déjà, dès ma première enfance, j'avais donné les marques d'un caractère obstiné, sournois, violent ; mais à treize ans, mes camarades de collége me surnommaient *Tempête*, et j'avoue que, moi présent, les amusements dégénéraient vite en querelles. Le passage à l'adolescence ne corrigea pas mes abominables travers ; au contraire, l'inquiétude causée par le travail de la nature en train de préparer l'homme, leur donna tout à coup plus de consistance et d'irritabilité. Harcelé par un malaise inexplicable, je devins, à quatorze ans, un véritable chien enragé. Je m'en pris, de mes involontaires tristesses, à tous les enfants de ma division, aux grands comme aux petits. Les grands me battaient, me roulaient dans la poussière pour me réduire au silence, car ma bouche les injuriait encore quand mon bras ne pouvait plus les atteindre ; mais les petits me restaient, et je me jetais sur eux sans pitié. Que de larmes coûtait chacune de mes larmes !

« A la fin, les victimes de ma brutalité féroce se plaignirent à leurs mères, et la ville n'eut qu'une voix pour me maudire. Cette malédiction fut le signal d'une défection générale de la part de mes condisciples ; je les vis s'éloigner de moi l'un après l'autre, et bientôt je me trouvai seul. Plût au ciel qu'on m'eût laissé dans cet isolement ! j'y eusse peut-être fait des réflexions capables d'étouffer mes mauvais instincts. Malheureusement, il me vint à cette époque un ami.

« Mon oncle, l'abbé François Savignac, qui aimait à fréquenter les marchés de Lodève, dînait tous les mercredis à la maison. Un matin du mois d'avril 1840, il emmena avec lui d'Octon, paroisse qu'il desservait à l'entrée de la vallée de Salagou, un grand jeune homme de dix-sept ans, maigre et blond, qu'il fit asseoir à table à côté de moi.

— « Ma belle-sœur, dit-il, s'adressant à ma mère, voici le garçon dont je vous ai parlé, c'est le fils du maire de ma commune. Adrien Sauvageol prendra ses repas ici, comme il en a été convenu, et ira au collége avec Julien. M. le Principal est averti. »

« Puis se tournant vers moi :
— « N'est-ce pas, Julien, que tu ne seras pas fâché d'avoir un camarade ? »

« Je crus mon isolement deviné.
— « Certainement, mon oncle, balbutiai-je, certainement...»

« Le repas fini, je poussai Adrien du coude pour le presser de se lever de table, et nous sortîmes.

« En enfant naïf, Sauvageol crut que je le conduisais au collége. Il est certain que nous allâmes jusqu'à la porte, mais nous n'entrâmes point. A peine eûmes-nous vu les externes qui, sur le coup de deux heures, venaient par groupes bruyants se suspendre à la sonnette du portier, que, tournant derrière Saint-Fulcrand, je menai mon nouveau compagnon au Parc.

« Le Parc est l'ancien jardin des évêques de Lodève ; il a été transformé depuis la Révolution, en promenade publique. Situé derrière la cathédrale, dans un quartier isolé, le Parc est le rendez-vous forcé de tous les collégiens en rupture de ban. La surveillance étant exercée non-seulement par la famille, mais à peu près par tout le monde, l'école buissonnière devient fort difficile à pratiquer en province. Il faut infiniment de ruse aux enfants résolus à voler à leurs maîtres quelques heures de bonne et franche liberté ; il leur est surtout indispensable de trouver un endroit éloigné du centre de la ville pour ne pas risquer d'être découverts à toute heure, et pourtant assez voisin du collége pour le gagner en moins d'une minute, si par malheur on avisait quelque visage suspect. Le Parc réunissait ces deux conditions ; je le savais par expérience.

« Adrien, quoique un peu surpris de ce détour tout à fait inattendu, ne hasarda pas la moindre observation. J'étais pour lui le neveu de M. le curé d'Octon, et ce que je faisais était probablement bien fait. Comme il avait de l'argent, je l'invitai à acheter quelques friandises à une vieille femme établie à l'une des extrémités du Parc, et nous fîmes ample connaissance en mangeant des pralines et des macarons.

« Je m'épanchai dans le sein de ce nouvel ami ; je lui racontai mes luttes, mes combats avec mes camarades ; la rage dans le cœur, je lui nommai ceux qui m'avaient humilié, battu, foulé aux pieds.

« — Vois-tu, lui dis-je, si je t'ai fait manquer le collége cette après-midi, c'est parce que j'avais à te parler de tout cela. Imagine-toi qu'ils m'ont mis en quarantaine, de sorte que maintenant, je ne suis d'aucun jeu. Ah ! que mon oncle a bien fait de t'amener chez nous ! Sais-tu pourquoi, tout à l'heure, nous sommes restés plantés tout debout devant la porte du collége ? parce que je voulais qu'ils vissent tes bras longs et forts, et qu'ils sussent que j'ai un ami... Voyons, te battrais-tu pour moi, Adrien ?

« — Certainement, si l'on t'attaquait.

« — Oh ! merci, Adrien ! m'écriai-je ; on m'attaquera, on m'attaquera, je te le promets !... Je les forcerai bien à m'attaquer ! »

« Je l'embrassai avec une effusion convulsive.

« Tout ravi des dispositions de Sauvageol et impatient d'en profiter, vers quatre heures, je l'engageai à quitter le Parc, et nous nous dirigeâmes, par la Promenade-Basse, vers la route de Soubès. C'était par là que devaient passer, en rentrant chez eux après la classe, mes ennemis les plus redoutés. Nous attendîmes longtemps : Adrien assis sur le parapet de la promenade, insouciant, tranquille, ne se doutant de rien ; moi debout, l'œil au guet, le corps frémissant, l'esprit violemment agité. Enfin, un grand parut, puis deux petits, puis encore un grand...

« — Adrien, m'écriai-je, les voici ! »

« Et le saisissant avec force, je l'entraînai dans la direction des arrivants.

« Je ne me souviens plus de quels mots je me servis pour provoquer mes condisciples, ni comment s'engagea la lutte ; ce que je n'ai pas oublié toutefois, c'est le heurt violent de ma tête contre une des quilles de pierre de taille qui défendent l'entrée de la Promenade-Basse aux charrettes. Je fus étourdi du coup. Je me relevai ivre de rage, prêt à user de mes ongles et de mes dents ; mais Sauvageol, très-expéditif, avait achevé la besogne. De mes quatre ennemis, deux avaient pris la fuite, un grand et un petit. Les deux autres étaient couchés dans la poussière du chemin ; le premier étanchait avec son mouchoir le sang qui coulait de son nez démesurément gonflé ; le second tâchait d'agglutiner la peau d'une énorme entaille au genou droit.

« Et le combat finit faute de combattants.

« Cependant, fripés et poussiéreux comme nous l'étions, il ne fallait pas songer à rentrer au logis. Qu'aurait dit ma mère ? Adrien eût peut-être pu tenter l'épreuve, car ses longs bras et sa force naturelle l'avaient protégé contre toute égratignure ; puis, n'ayant pas été jeté à terre, ses habits n'étaient point trop endommagés. Quant à moi, je me trouvais dans un état à ne pouvoir absolument pas me produire. Non-seulement, dans mes efforts désespérés, ma veste avait craqué aux coudes, et mon pantalon, en un certain endroit, avait été affligé d'une solution de continuité ; mais ma figure souillée de sang, marbrée de coups, affichait tous les ravages d'une lutte récente, acharnée, terrible.

« — Allons à la rivière ! » dis-je à Sauvageol.

« Nous descendîmes à l'Ergue par des ruelles détournées, et, malgré l'air encore assez vif, nous nous mîmes à barboter dans l'eau comme des caniches.

« La poussière et le sang une fois enlevés par les ablutions réitérées, nous battîmes nos habits avec une branche d'osier ; puis Adrien, de l'épingle de sa chemise, ayant assujetti certaines lèvres de mon pantalon qui riaient trop gaillardement, nous gagnâmes la maison l'oreille basse et la mine allongée.

« Ma mère n'eut pas un mot de reproche. Elle s'aperçut bien de tout le désordre de ma toilette ; mais Sauvageol étant encore tout nouveau chez nous, je crois qu'elle ne voulût pas m'humilier devant lui. Le soir seulement, comme je me couchais, elle vint me demander ma veste et mon pantalon pour les raccommoder, et me répéta cette phrase, que je n'avais jamais entendue sans trembler :

« — Prends garde, enfant, ton père arrivera bientôt. »

« Je craignais mon père ; je me souvenais de maintes

corrections un peu dures de mon enfance, et la certitude qu'il allait bientôt revenir de Lyon, où le retenaient depuis plus de deux ans de vastes entreprises, me remplissait de terreurs secrètes indicibles. Que dirait-il, que ferait-il, quand il apprendrait ma conduite ? En quittant Lodève, il m'avait placé au collége, confiant dans mes promesses de sagesse et de travail. Comment les avais-je tenues, ces promesses ? Mon père était violent, emporté, terrible ; il pourrait bien me tuer peut-être ! Cette pensée me faisait courir le froid par tout le corps. Alors j'accusais ma mère : pourquoi, au lieu de les réprimer, avait-elle cédé à tous mes caprices ? pourquoi, quand il m'était arrivé de manquer au collége, ne m'y avait-elle pas reconduit à coups de houssine ? pourquoi s'était-elle montrée constamment trop faible, trop aimante ?...

« Bourré de ces réflexions inquiétantes, le lendemain matin, je pris résolûment mes livres de classe sous le bras, Adrien en fit autant, et tous deux nous nous acheminâmes vers le collége. En me voyant entrer dans la cour doublé de mon robuste Octonnais, ceux de mes condisciples qui me détestaient le plus, informés sans doute de ma victoire de la veille, vinrent tourner autour de moi, et m'invitèrent à une partie de barres déjà ouverte. Les enfants sont comme les hommes, lâches et plats : ils adorent la force. Je fus bon prince, et ne me laissai point trop prier. Je me mis aux barres sans gêne ; puis, grâce à l'intervention de Sauvageol, après quelques tours, ma réconciliation avec mes camarades fut pleinement et entièrement opérée.

« Quinze jours se passèrent sans événement fâcheux ; pas la moindre bataille, pas la moindre envie de vagabondage. Lesté par l'idée obsédante de l'approche de mon père et par le sentiment de ma force, — Sauvageol me prêtait ses bras et au besoin revoyait ma copie, — pour la première fois de ma vie je m'étais mis sérieusement au travail. Moi, dont on avait raillé la débilité physique, déclaré les devoirs illisibles, ineptes, absurdes, j'avais eu mon Austerlitz sur le chemin de Soubès, et je commençais, sans les trop faire crier, à marier le nom avec l'adjectif, le verbe avec son régime. Quelle superbe vengeance je tirais de mon humiliation ! Un professeur obligeant, surpris de ces progrès inespérés, en dit un mot à ma mère. La pauvre femme en pleura de joie, et, après m'avoir embrassé dix fois au retour du collége, elle embrassa aussi Sauvageol, le remerciant de la salutaire influence qu'il avait su prendre sur moi, le suppliant de me continuer ses bons conseils. Malheureusement, Adrien n'était pas sans avoir quelques faiblesses, et sa conduite prouva bientôt qu'on s'était pressé de le mettre en niche comme un saint.

« Un matin, en m'éveillant, je fus fort étonné de ne pas trouver Sauvageol dans la chambre où l'on avait placé nos deux lits côte à côte. Qu'était-il devenu ? N'ayant obtenu aucun renseignement de la domestique, et ne voulant pas dénoncer à ma mère l'absence de mon ami, je regagnais, triste et seul, le collége, quand, arrivé devant le portail de Saint-Fulcrand je vis tout à coup mon homme se dégager du milieu des contre-forts de la cathédrale et courir à moi, tenant à la main plusieurs petites branches d'osier et un pot aux parois duquel était collée une matière gluante et blanchâtre.

« — Julien, je t'attendais, me dit-il ; veux-tu venir avec moi à l'Escandorgue ?

« — Que faire à l'Escandorgue ?

« — Tendre des gluaux à la Mare-aux-Chardonnerets, près de Grangelourde.

« — Quelle idée t'a donc poussé dans la cervelle, Adrien ? Et le collége ?

« — Il y a si longtemps que nous ne l'avons manqué !

« — Au fait. c'est vrai.

« — J'ai acheté du pain, du fromage, des oignons, ajouta l'impitoyable tentateur, me montrant les poches de sa veste farcies de victuailles.

« — Partons ! dis-je.

« L'Escandorgue fait partie de cette portion des Cévennes méridionales désignée par les géographes sous le nom de monts Garrigues. C'est un vaste plateau graveleux, pauvre de végétation, grisâtre d'aspect et d'une navrante mélancolie. Quelques bouquets d'yeuses, quelques lavandes, quelques genévriers ont seuls poussé dans ces steppes cévénols, éternellement balayés par le vent du nord, et sont l'unique pâture offerte aux innombrables troupeaux qui y campent du jour de l'an à la Saint-Sylvestre.

« En partant de Lodève, plusieurs chemins mènent à ces hautes plaines, aux *plos*, comme on dit dans le pays. La crainte de nous égarer nous fit prendre le plus long. Nous passâmes par Campestre, et huit heures sonnaient à Saint-Fulcrand comme nous gravissions la roide montée de Lunas. Nous arrivâmes enfin à *la Baraque-des-Pous*, auberge juchée tout en haut de la côte, en plein Escandorgue. Peu habitué à de pareilles excursions, je demandai à respirer un moment : j'étais rendu de fatigue. Adrien me partagea un morceau de pain, un fromage de chèvre, et pria l'hôtesse de la Baraque des-Pous de nous faire l'aumône d'un verre de vin. Réconfortés par cette dînette frugale, nous nous enfonçâmes dans la lande.

« Rien ne saurait traduire l'inquiétude dont je fus saisi dans ces immenses espaces, où ne résonnaient aucune voix, où tout était triste, nu, dévasté. Moi, qui n'avais jamais quitté les rues de Lodève, fourmillantes d'ouvriers, j'eus peur, en me trouvant dans ce désert. Il me sembla qu'une fois engagés dans ces solitudes où mille sentiers étroits se croisaient, se mêlaient, se perdaient les uns dans les autres, nous ne saurions plus retrouver notre chemin et retourner à la maison. Alors je me voyais errant, la nuit, à travers la lande, appelant du secours, invoquant Dieu, courant comme un désespéré pour fuir les loups acharnés après moi... Oh ! pourquoi n'étais-je pas allé au collége !...

« Cependant, je marchais d'un bon pas ; j'avais un tel orgueil que je fusse mort plutôt que de laisser deviner à Sauvageol les terreurs secrètes qui m'obsédaient. S'il se tournait vers moi pour m'encourager du regard, car, essoufflés par la marche, nous ne parlions plus guère, malgré mon accablante inquiétude, je lui souriais.

« Du reste, il faut le dire, mon courage, je ne le puisais pas tout entier dans mon amour-propre ; j'en tirais bien la moitié de l'attitude d'Adrien. Mon compagnon allait si droit devant lui, il hésitait si peu à choisir son chemin aux carrefours les plus compliqués, il parraissait si convaincu à tous égards, qu'il était impossible de douter de sa parfaite connaissance de la lande. Enfin, nous entendîmes des aboiements d'un chien. Tout mon corps tressaillit involontairement, et je regardai Sauvageol.

« — Voilà le bétail de Grangelourde, me dit-il ; dans dix minutes, nous serons à la Mare-aux-Chardonnerets. Hardi, Julien, nous arrivons ! »

« J'aperçus, en effet, à deux portées de fusil, sur un mamelon gazonné, un long troupeau de moutons gardé par plusieurs chiens-loups et un grand pâtre déguenillé. Je sentis se dilater ma poitrine.

« — Tu es donc bien familier avec ce pays, toi ? dis-je à Sauvageol.

« — Pardi ! j'y suis venu plus de vingt fois avec des camarades.

« — Comment ! d'Octon, vous veniez engluer à l'Escandorgue ?

« — La Mare-aux-Chardonnerets est connue dix lieues à la ronde. Tu verras, nous allons remplir la cage, j'en suis sûr. Oh ! Méniquette sera contente !

« — Méniquette ! Qui est-ce Méniquette ?

« — Méniquette Ortios, ma cousine, tu sais bien ?...

« — Cette fille que mon oncle le curé a placée chez les dames Fangeaud, à la Grand'Rue, pour apprendre la couture ?

« — Celle-là même. Méniquette adore les oiseaux ; elle avait à Octon des chardonnerets, des pinsons ; mais ton oncle, qui l'a élevée à la cure et la regarde comme son enfant, n'a pas voulu lui laisser emporter sa cage à Lodève, prétextant qu'elle la distrairait trop de la couture. Ma cousine s'ennuie maintenant loin de ses pauvres petites bêtes, et je lui ai promis de venir en attraper d'autres ici... Tiens, voici Grangelourde ! »

« Je vis devant moi une grande maison carrée, massive et noirâtre. Le cadran solaire, blanchi à la chaux depuis peu, faisait tache sur la façade de la ferme, d'un brun uniforme et doux à l'œil. L'aiguille marquait onze heures. Nous tournâmes à gauche, et, après trois cents pas environ, nous nous arrêtâmes : nous étions aux bords de la Mare-aux-Chardonnerets.

« Le vaste plateau de l'Escandorgue renferme dans ses couches géologiques, entre ses larges bancs de sable et de gravier, de nombreuses masses de basalte. Ces blocs, partis des entrailles mêmes de la montagne, viennent s'épanouir à sa surface, affectant mille formes capricieuses et bizarres. On les voit tantôt monter droit vers le ciel en se dentelant comme des flèches gothiques, tantôt se dresser lourdement comme des pyramides d'Égypte. Le plus souvent, cependant, ils s'aplatissent au niveau du sol, s'évident en entonnoir vers le milieu, et forment de vastes conques, ovales ou rondes, où s'amassent les eaux de pluie.

« C'est dans le voisinage de ces bassins plus ou moins profonds que sont bâties les quelques fermes de l'Escandorgue. La lande étant d'une aridité africaine, les paysans se sont groupés autour de ces citernes naturelles, où se désaltère le bétail, leur seule richesse possible.

« Dès le matin, les troupeaux de Grangelourde viennent boire à la Mare-aux-Chardonnerets ; puis on les pousse au large, et l'eau, un moment troublée, vaseuse, redevient calme et d'une limpidité de cristal. Alors arrivent, des potagers de la ferme et des profondeurs de la lande, en chantonnant, en voletant, en décrivant toutes sortes de courbes gracieuses, des bandes d'oiseaux. Chardonnerets, linottes, verdiers, boivent, se becquettent, se baignent, s'en vont, reviennent, repartent et reparaissent encore. C'est jusqu'au soir, autour de la mare, des pépiements, des chants, des cris d'amour, des bruits d'ailes.

« Nous arrivions juste au moment propice pour faire une bonne chasse : il allait être midi, heure où les oiseaux, épuisés de fatigue et accablés de chaleur, aiment à folâtrer autour de l'eau. Pour les empêcher de boire, nous nous mîmes à former aux bords de la mare un rempart des grosses pierres abandonnées par d'autres oiseleurs, laissant çà et là comme des petites portes, où nous affermîmes nos gluaux. Cela fait, nous courûmes nous cacher à trente pas dans un taillis de jeunes châtaigniers, et nous attendîmes, le regard fixe et l'oreille en éveil.

« Je me souviens de l'incroyable contentement que j'éprouvais, couché à côté de mon ami dans cette lande sauvage. Certainement, jamais au Parc, les jours même où j'avais triomphé dans quelque lutte, je n'avais rien senti de pareil. Malgré le soleil qui dardait d'aplomb et me faisait bouillir la cervelle dans la tête, j'avais des tressaillements de joie que je n'étais pas maître de réprimer. L'air de la liberté me grisait !

« — Qu'as-tu donc ? me demanda Sauvageol à voix basse.

« — Rien ; je suis heureux !

« — Reste tranquille, tes mouvements empêchent les oiseaux d'approcher... Oh ! voici une alouette... Chut ! »

« Il disait vrai : une belle alouette huppée, de celles qu'on appelle dans le pays *coquillades*, était arrivée tout d'un vol aux bords de la mare. Je me raidis comme un pieu, et ne bougeai plus. Cependant rien ne nous assurait que, pour boire, cette pimpante petite bête allât passer par nos portes étroites. L'alouette a une finesse extrême pour deviner les piéges, et des ruses merveilleuses pour les éviter. Certainement c'est de tous les oiseaux le plus difficile à engluer. Tandis que le chardonneret se jette étourdiment sur les gluaux, que le verdier se prend bêtement les ailes en voulant tourner l'obstacle, que la linotte perd la tête et cabriole dans l'eau, les pattes collées au bec ; l'alouette qui a vu le danger, boit en rasant l'eau comme l'hirondelle, et s'en va, jetant à l'oiseleur penaud quelques notes pleines d'une suprême ironie. C'est un des moyens ordinaires dont elle use pour éviter la glu ; mais elle en a de plus spirituels encore, et, cette fois notre alouette mit en œuvre, pour nous échapper, toute une série d'idées bien capables d'humilier l'homme, cet autocrate superbe et naïf de l'intelligence.

« Du premier coup d'œil, elle jugea la situation : on voulait l'empêcher de boire. Elle fit le tour de la mare pour s'assurer si tous les abords en étaient défendus. Convaincue qu'il ne restait aucune autre brèche que les brèches dangereuses, elle se retira sur un petit tas de sable à deux pas de l'eau. Elle resta là quelques minutes, chauffant son ventre au soleil, silencieuse, méditative, se battant de temps à autre la tête du bout de l'aile, comme un philosophe aux abois qui se donnerait des coups de poing pour faire jaillir des idées de son cerveau. Enfin, elle revient à la mare, se dirigeant droit sur nos gluaux. Je retins mon haleine pour faire moins de bruit. L'alouette avançait toujours, redressant sa petite huppe et grésillant. Dieu ! elle était arrivée à l'endroit fatal ; pour peu qu'elle inclinât sa jolie tête, elle était perdue ! La fine bête le comprit, et, par un léger battement d'ailes, fit un saut en arrière. Elle fut un instant immobile et sembla hésiter. Pourtant elle ne pouvait partir sans avoir bu ! Elle revint vers l'eau ; cette fois, lentement, posément. Elle marcha de ce pas réfléchi jusqu'à l'une de nos petites ouvertures ; puis, là, par une pirouette rapide, tournant la tête vers la lande et jetant la queue sur le gluau, elle entraîna celui-ci à travers le sable, ayant soin de ne pas déployer ses ailes de peur de les embarrasser. Tant qu'elle sentit les plumes de sa queue alourdies par le fardeau qu'elles traînaient après elles, l'alouette alla à travers le sable sans repos et sans trêve. Enfin, le gluau, terreux, chargé de brindilles de genévriers, se détacha. L'oiseau, libre, but et s'envola.

« Cette manœuvre rusée avait eu tout l'intérêt d'un drame ; mais le dénoûment ayant tourné contre nous, Sauvageol traduisit son désappointement par un juron énergique. Il se leva de mauvaise humeur, alla fixer un nouveau gluau à la porte si adroitement forcée par l'alouette, et revint se coucher dans le taillis, marmottant entre ses dents :

« — Quel tour cette coquine nous a joué ! quel tour !

« Nous fûmes dédommagés de sa perte. Les chardonnerets et les linottes, qui s'étaient fait attendre, s'abattirent bientôt en foule autour de la mare. Ces pauvres oiseaux, pressés de boire, tombèrent sur nos gluaux dru comme grêle. Six linottes et quatre chardonnerets furent attrapés d'un seul coup. Sauvageol était aux anges !

« Méniquette sera bien heureuse ! » me répétait-il.

« Cependant, si notre cage à demi-pleine me réjouissait, je

commençais aussi à me préoccuper beaucoup de notre retour à la ville. Bien que le soleil me parût haut encore, j'aurais voulu partir. Je manifestai à plusieurs reprises mon impatience à Sauvageol; mais l'Octonnais qui n'était jamais plus heureux qu'en rase campagne, ne m'entendait guère. Pour avoir raison de lui, je me mis à m'agiter sous les châtaigniers de façon à effrayer les oiseaux. Adrien me comprit, se leva, et tout en dévorant ce qui nous restait de provisions, nous nous mîmes en route. Le cadran de Grangelourde indiquait deux heures; nous accélérâmes le pas et perdîmes bientôt la ferme de vue.

« Malgré les craintes de toute sorte qu'amenait dans mon esprit notre retour à la maison, mes impressions du soir, en traversant les éternelles friches de l'Escandorgue, furent plus douces, plus sereines que celles du matin. D'abord je n'avais plus peur d'être traqué par les loups, puis la lande me paraissait belle avec le grand soleil rouge qui la chauffait et la faisait resplendir. Maintenant les pyramides et les hauts clochers de basalte, croisant leurs grandes ombres de tous côtés, me rappelaient Saint-Fulcrand avec ses gargouilles, ses arcs-boutants, ses tours, et le chant monotone de mes pauvres oiseaux captifs m'emplissait l'âme de poésie.

« En arrivant à la ville, Adrien m'invita à le suivre chez les dames Fangeaud; il voulait voir Méniquette tout de suite. Les dames Fangeaud étaient sorties, et, par un bonheur tout à fait inespéré, nous trouvâmes Méniquette seule. Sauvageol enleva le mouchoir qui recouvrait la cage et montra avec orgueil notre chasse à sa cousine. Méniquette resta ébahie, puis elle demanda naïvement s'il y avait là quelques oiseaux pour elle.

— « Mais tous sont pour toi, tous! lui répondit Sauvageol.

— « Oh! merci, Adrien, » dit la jeune paysanne prenant la cage sur ses genoux et l'enveloppant de ses deux bras par un mouvement de tendre sollicitude.

« Nous quittâmes Méniquette, Adrien, ayant parlé beaucoup, moi n'ayant pas dit un mot. Je crois pourtant que j'avais eu le courage de répondre un *oui* à la cousine de mon ami, qui me demandait si j'étais le neveu de M. Savignac, curé d'Octon. N'étant jamais resté interdit devant personne, pas même devant mon père, je fus bien étonné de mon embarras auprès de Méniquette; je l'attribuai à l'effroi que me causait, après notre escapade, ma rentrée à la maison, et je n'y pensai plus.

« Les reproches de ma mère épouvantèrent Sauvageol : il

eut peur. d'être renvoyé à Octon, et les larmes lui vinrent aux yeux. Comme il paraissait beaucoup tenir à rester à Lodève, je le rassurai, lui répétant que ma mère était bonne, tout à fait incapable de le dénoncer à mon oncle Savignac.

« Cependant, comme de mon côté je n'étais pas sans éprouver quelque inquiétude, — le retour de mon père était toujours suspendu sur ma tête, — je l'engageai le lendemain à me suivre au collége, où, contre notre habitude, nous arrivâmes des premiers.

« Quelques jours se passèrent dans un travail assidu, une régularité admirable. Malheureusement, Adrien m'avait donné le goût des grandes aventures, et malgré moi, je rêvais de l'Escandorgue. La lande, avec ses espaces nus, ses blocs de rochers, ses lavandes, ses buis, ses genévriers, me bouleversait l'imagination. Penché sur mon pupitre, je ne détachais pas mes yeux du cadran de Grangelourde, et j'entendais incessamment le gazouillement des oiseaux à la Mare-aux-Chardonnerets. Tout un monde nouveau m'avait été révélé, et ce monde m'obsédait. Oh ! quand reverrai-je les hautes plaines ? Pourquoi n'étais-je pas berger à Grangelourde ou dans quelque ferme des environs ? Enfin je n'y tins plus, et je formais le dessein, coûte que coûte, d'aller à l'Escandorgue. J'inviterais Adrien à me suivre, mais je partirais seul s'il refusait. Sauvageol, dévoré secrètement des mêmes désirs, n'eut garde de se faire tirer l'oreille, et nous allâmes passer une nouvelle journée en plein air, en pleine nature, au bord de la Mare-aux-Chardonnerets.

« Notre vie désormais devint un véritable vagabondage. Nous paraissions bien quelquefois au collége, mais le plus souvent nous récitions nos leçons aux merles de Gourgas, aux verdiers du ruisseau de la Souloudre, aux linottes de l'Escandorgue. Sauvageol avait pesé les menaces de ma pauvre mère, et, sachant ce qu'elles valaient au juste, ne s'en préoccupait plus. Moi-même, j'avais fini par croire, à force de m'entendre redire que mon père arrivait, qu'il ne reviendrait jamais. Nous étions libres !

« Mais le moment approchait où notre dissipation éclaterait aux yeux de tous. Le temps fuyait rapide au milieu de nos joies, et nous touchions déjà au mois d'août. Encore quelques excursions aux montagnes prochaines, et nous accrochions le 10, jour fixé pour la distribution solennelle des prix. Que deviendrions-nous ce jour-là ? Où cacher notre confusion, notre honte ? Le Principal du collége ne nous dénoncerait-il pas lui-même à nos parents ? Qu'arriverait-il si, par malheur, mon père, mon impitoyable père, survenait tout à coup.

« Ne pouvant reculer le 10 août jusqu'au bout de l'année, nous l'attendîmes avec une impatience inquiète, nous abstenant de toute expédition lointaine. Nous n'allâmes plus même chez les dames Fangeaud, où Sauvageol me menait chaque jour un peu malgré moi, je l'avoue, car le trouble inexplicable qui m'envahissait en présence de Méniquette m'humiliait et m'empêchait d'éprouver à la voir le même plaisir que mon ami.

« Enfin, le soleil du 10 août se leva; il était magnifique. Mon oncle Savignac et les parents de Sauvageol, en habits de fête, — le maire avait ceint l'écharpe aux trois couleurs, — arrivèrent de bonne heure à Lodève. Ils étaient suivis du père de Méniquette, qui, jugeant un apprentissage de six mois suffisant, venait chercher sa fille pour la ramener à Octon. A midi, tout ce monde s'assit à notre table. Le dîner fut bruyant; mais ma gaieté, à moi, se tint dans les bornes d'une stricte complaisance. C'est à peine si les plaisanteries au gros sel dont Antoine Sauvageol et Dominique Ortios, les deux plus fins paysans de la vallée de Salagou, saupoudraient le repas, parvinrent à me dérider une ou deux fois.

« Certainement, mon plus vif sujet de craintes s'était évanoui, car il était évident pour tous que mon père n'arriverait pas; mais enfin mon oncle Savignac serait témoin de ma honte, entendrait peut-être les rapports du Principal sur mon compte, et en préviendrait très-probablement son frère. Puis, pourquoi ne pas l'avouer, si j'étais un enfant paresseux, querelleur, désordonné, indomptable, j'étais aussi un enfant plein de cœur, et le départ simultané d'Adrien et de Méniquette contribuait plus que tout à me rendre triste. Que deviendrais-je à Lodève sans amis? Aurais-je désormais le courage d'aller seul à l'Escandorgue, à Gourgas, au ruisseau de la Soulondre ? Et, si je retournais jamais tendre des gluaux en ces endroits pleins de souvenirs rayonnants, que ferais-je des oiseaux capturés, maintenant que Méniquette ne serait plus là pour les recueillir et les aimer ? J'essayais bien de secouer mes lourds ennuis; mais, en dépit de mes efforts, je restais noyé dans une mer de cruelles appréhensions, de chagrins poignants.

« Pourtant trois heures s'avançaient. Ma mère servit le café, et on se leva de table. A ma grande surprise, je vis mon oncle soucieux : il avait remarqué mon abattement. Mon oncle est un homme froid; il ne m'avait peut-être pas embrassé deux fois dans ma vie. Il vint à moi, me prit affectueusement les mains, et, m'attirant dans l'embrasure de la fenêtre :

« — Eh bien, Julien, me dit-il, que signifie cet air morne et découragé ? Est-ce que tu es malade ?

« — Non, mon oncle.

« — Est-ce la peur de ne pas avoir de prix qui te donne cette figure piteuse ?

« — Peut-être bien, mon oncle.

« — Mais, cher enfant, il ne faut pas te désoler pour si peu ; voyons, prends une autre mine, tu fais de la peine à ta mère. »

« Il m'embrassa.

« De grosses larmes rondes et brillantes jaillirent de mes yeux, et ma mère entra dans sa chambre, sans doute pour qu'on ne la vît pas pleurer. Mais mon cœur, entr'ouvert par une caresse, devait se refermer presque aussitôt. Tout à coup, un grand bruit se fit dans la rue : une voiture s'arrêtait à notre porte. Un homme, que mes yeux troublés m'empêchèrent de reconnaître, sauta sur le trottoir, puis un pas pesant et dur résonna dans l'escalier. Je fus saisi d'un tremblement involontaire de tous mes membres. La porte s'ouvrit : c'était mon père !

« Mon père embrassa ma mère du bout des lèvres, serra la main à son frère, murmura un bonjour et, sans me regarder, s'assit. Sa physionomie crispée trahissait une extraordinaire irritation. J'aurais dû peut-être lui sauter au cou dès son entrée et conjurer par des caresses sa colère prête à déborder : une terreur invincible m'avait tenu cloué contre la fenêtre. J'étais resté là immobile, respirant à peine, pétrifié.

« Tout le monde se taisait, dans l'attente de quelque épouvantable éclat.

« — Vous faites fort bien, monsieur, dit enfin mon père se tournant vers moi, de vous tenir à distance, car vous eussiez peut-être reçu la correction que vous méritez. Mais ce qui est différé n'est point perdu, et vous aurez de mes nouvelles, je vous le promets. Le Principal m'a écrit, monsieur ; je sais comment vous avez travaillé depuis deux ans, et je viens tout exprès de Lyon pour régler mes comptes avec vous. Ah ! vous ne voulez rien faire ! Ah ! vous préférez l'Escandorgue, Gourgas, la Soulondre, aux salles d'étude du collége ! Eh bien, soyez tranquille, vous n'y reviendrez plus au collége, et, puisque vous êtes amoureux du grand air, vous serez satisfait. Tout à l'heure, j'ai rencontré l'entrepreneur Brunet, qui bâtit une manufacture sur l'Ergue ; je lui ai demandé une place pour vous. Vous n'avez pas voulu devenir avocat, prêtre, médecin ; vous serez maçon. Demain matin, je vous mènerai moi-même au chantier de Brunet. En attendant, comme je n'entends pas que vous paraissiez au collége, où vous n'avez que faire aujourd'hui surtout, vous allez rester enfermé dans le grenier d'en haut. Vous pourrez y réfléchir jusqu'à ce soir sur votre situation nouvelle.

« — Mais, mon ami, hasarda ma mère toute pâle, Julien m'a promis de travailler à l'avenir ; pardonne-lui cette fois encore.

« — Donnez-moi la clef du grenier et ne gâtez pas tant ce mauvais sujet.

« — Aie pitié de notre unique enfant, Auguste, supplia ma pauvre mère les mains jointes ; tu sais qu'il est très-nerveux, il peut avoir peur tout seul là-haut.

« — Je vous répète de me donner la clef du grenier ! » reprit mon père d'un accent de voix formidable.

« La clef lui ayant été livrée, il se tourna de nouveau vers moi :

« — Suivez-moi, monsieur ! » me dit-il.

« Je le suivis, et il m'enferma à double tour.

« L'école buissonnière finissait par la prison. »

Julien Savignac s'était tu.

— Charmant ! charmant ! s'écria Louis Vernier.

— Alors, vous comprenez que je regrette l'Escandorgue ?

— Et Adrien Sauvageol, et Méniquette Ortios...

— Et l'alouette huppée ?

— Et l'alouette huppée.

— Et la prison aussi ?

— Et la prison aussi.

Ils rirent tous deux, puis comme la nuit était venue, ils descendirent silencieusement la colline du Vert-Bois et regagnèrent Paris.

FERDINAND FABRE.

(Extrait du roman : *Julien Savignac.*)

Directeur littéraire : **ALBERT de NOCÉE**
Bruxelles, 69, rue Stévin, 69.

Librairie Nouvelle, BRUXELLES, 2, boulevard Anspach, 2.

Librairie Universelle. Paris, 41, rue de Seine, 41.

www.ingramcontent.com/pod-product-compliance
Lightning Source LLC
Chambersburg PA
CBHW050723070726
47597CB00009B/3766